颜集

兆飞 ◎ 著

哈尔滨出版社
HARBIN PUBLISHING HOUSE

序

南国的雪总是悄无声息，

天还未亮，

一团团雪在来往车灯映照下飞舞，

融进地上的水洼，

不溅起一丝涟漪。

自然是价廉物美的杂货铺，

带一颗心来挑选。

来时风雨归时梦，

愿取得称心的词句。

目 录

古诗

文言文

夕颜集 ———

古

诗

忆小学分别

轻风逐柳絮，水随流奔去。

相识乃随缘，相处更不易。

拥有何珍惜，分别悔晚矣。

岁月一瞬间，时光弹指移。

窗外雨淅漓，窗内人分离。

离愁心里藏，六载心中记。

身今在五湖，思念在四海。

相思不能见，互把往事忆。

共看月垂泪，同迎面风厉。

失去如此苦，劝君惜友谊。

清明令

其一

夜雪朝阳醒，开门迎晓寒。

只道春来晚，不怨山阻难。

曲曲幽人径，青青寂者山。

山中雪未阑，迎风泪已干。

其二

巫山云雨渡，孤客行向楚。

凄凄天色隐，月落最无辜。

杯酒堪独饮？青春不可负。

明日舟中醒，应是洞庭处。

所历有怀

曾经获福生诗家，来日骑驴旅京华。

事事不顺苦壮志，年年无成悲白发。

万点彩花逢秋落，千丈红日倚山下。

人生少乐多苦痛，山路难平常陡崖。

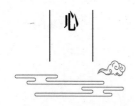

心

心中有星轮，提笔写北辰。

哪有如意事？事事不心称。

波平风渐晚，藤花坠无声。

长星流昼国，夜梦反成真。

感遇

深山闻兽鸣，方知二十载。

惊蛰南风起，霜降北寒来。

无雨楼台闭，逢友柴门开。

恨别清秀骨，幸会陈王才。

起身月正明，倚仗何徘徊？

登楼

其一

携友相倚登暮楼，江上风云江浪舟。

九天书墨九州月，半帘风起半更钟。

身欲毁摧阑多病，魂外惊心一语通。

问君愿似苦华尽，应寻雾里问山松。

其二

杏雨共泣蛰龙春，菊花独泪凤凰秋。

世世今年浮几沉，代代少怨老多忧。

棋盘翻子子碎恨，蜡烛溅泪泪成愁。

轻为难抹重有落，新成过往旧无收。

应携故友登残月，再见碧水涧中幽。

感君

千年云雨巫山近，万里青江映入月。

客至巴山心浸寒，别乡别楚别在野。

与君朝朝暮暮见，不为晴晴雨雨别。

最不堪孤檐下苦，开窗同盏共此劫。

挑灯夜书书星阑，多少幽思多少夜。

收卷拾笔墨悄飞，东天渐明西天雪。

白头吟

苍海应有无限水，但愿可奏此时弦。

凄凄错错三百年，算来不过又一天。

无题

粉墨山水画北楼，故人辞我断肠洲。

笔间微浪难汹涌，叶下碎影易消瘦。

取钱寻醉酒亦忧，青玉江上波无舟。

朦胧夜里仿佛恨，仿佛月下朦胧愁。

小城春

小城新花百里忙，万千挑尽无一个。

院中闲杏忽长成，依然笑作倾城色。

小城逢君又别

江北少阴雨，江南雾多浓。

玲珑出青玉，青玉透玲珑。

风雨故乡来，伊地无隆冬。

似梦来小城，岂料与君逢。

自遣

逢九重阳登高台，别君东去三五载。

友人常道佳节至，孤蓬万里送书来。

财倾旧梦难饱暖，情落他乡诛笔才。

西风骤来骤兴起，夕阳渐沉渐徘徊。

叹

十年立志百年成，千回辛苦万回追。

双手捧冰冰化水，一声恨叹叹心碎。

多情无奈人自困，入梦难觉嗟有谁。

开窗巧见东风去，遗世乘月伴星归。

黄鹤楼

此日天凝风自流，流向八方皆成愁。

细雨叩伞低道早，缓步携云气蒸楼。

千年诗史风为手，万卷文章云未收。

快曲闲情羁此生，九天坠河始止休。

中秋

余闲步中庭，寻月未得。

晴空孤望无月轮，饮酒佳节念佳人。

万古皆与君同在，今去何方独自哀。

离京赋

离袖尚湿泪已干，取剑毫间气改寒。

雪夜雪峰血可染，济山济水羁无边！

汉水遣心

微风波起银鳞雨，碧江拍坝堤连天。

汉水陌上烟似柳，绿映红燃柳如烟。

渔舟歌里江上路，叠影虹桥新旧间。

劝君不用千言语，万里江山在眼前。

晴

以酒和诗三百篇，笔友花开接寸言。

莺语楼台落花深，小院推门池塘浅。

夜

欲托高风远寄愁，光歌影舞水自流。

三更月下时时鸟，十里青山处处幽。

星辰

人言落日即尽时，我道余霞散星辰。

独倚黄昏日渐沉，列星天河始次升。

空天笼幕万珠浮，瀚海明帆一袖深。

信点诸芒垂大地，妄荡痴心走无痕。

世间几度窃霄汉，屏风错落隐余生。

愿化启明待来日，星宿岂可染凡尘。

山居

其一

迟日洗风雨，流江入暮年。

久有摘取意，幸得闲居迁。

其二

鸟居十余载，竹木未剪裁。

茂林薄烟雨，苍山远客寨。

昔日

其一

昔日溺文醉不醒，一夜风雨遍地金。

万事具了归迟暮，当时落叶满中庭。

其二

昔日落月今成霜，满庭影动旧时光。

犹似当年行陇上，快马轻词飘万方。

其三

年岁私语树先闻，昨日及膝今过人。

当时满心梦无度，今有余暇叹平生。

其四

塞北忽闻先生诗，惊身又至江南时。

仿佛今日又当年，百万横川列眼前。

可惜华发不复青，江南春亦无处往。

空有诗词三千阙，点滴都付泪痕中。

山海

其一

流光缘属艳亦苦，朔风侵国雪围城。

身居远海长夜盏，心向高山清玉灯。

其二

书生本来无一事，骊山脚下独驱车。

阶下群蚁冲高阁，遍地鸳鸯泪成河。

又依轻舟愁无渡，遥见万里自高歌。

落日大风吹病树，举国竟无和歌者。

隐士

其一

一片晓风吹薄纱，帘外细雨打枇杷。

朦胧忽闻阵阵鸟，眼前原非梦中花。

其二

剑断浪潮戟穿沙，十年征战又还家。

惜武无处得其用，未上金台何多话。

空垂原是痴钓客，弋尾又岂成疯傻。

宁藏锋芒暗至死，此剑不为他人拔！

书生

远客久无音，故园经年霜。

云间落天河，笔上流洪荒。

情

其一

日照金鳞俱欢歌，余晖桥头无尽河。

若是知心能一眼，我亦人间痴情客。

其二

入梦欲赏琵琶歌，巫山久雨恐成河。

若能酒醒焉虑此，故道多情难抉择。

其三

关山路远书难至，西风那堪竹枝词。

此世情缘若可知，月与繁星望相思。

其四

寒林流霜迎远客，门外晓风接天河。

惠雨香烬落孤云，一生写尽倾城色。

其五

春风料峭催竹醒，晚渔未消送日沉。

千年往事埋荒冢，心思未尽意黄昏。

新年

其一

满天星斗前，寂日风中落。

树枝垂白发，江中冰雪国。

其二

惊醒云满来时路，西风寂寞寒山石。

僻道苔滑复春雨，犬马声中新年至。

其三

远山空门旧日守，往来纸上盼新年。

东帘半卷天一色，落花深处绝人间。

忆当年

含笔落思今故客，当年犹是情中人。

九月初寒惊宿短，三年荒病离襄阳。

滨江人杰多才志，余身孤此亦可知。

不愿执守乡野地，唯此一路又是别。

别时落日犹可见，心不及属复失魂。

今朝且尽明日悲，追思难饱人难还。

往来西风若到此，还请替我吹残烛。

初春

其一

云渐消瘦风渐稠，往来看客俱回头。

红烛高照清江上，花船拨乱水中楼。

其二

烟花清霄月赋诗，小舟轻破喧声至。

阶前落叶随风扫，晴空倾唱两不知。

其三

春风料峭催竹醒，晚渔未归送日沉。

窗外海潮流天地，此间风物不怜人。

其四

对饮不觉日已暮，夜雨恍失仙人路。

明日云间惊何渡，世有蓬莱亦此处。

在武汉

其一

乱石丛中染风尘，黄鹤楼名远近闻。

花泪年年沾过客，流水同送梦里人。

其二

几日斜风吹北园，靡音拨动水中天。

嫩刺难防丛中鸟，纤枝反受繁花累。

其三

偶然惊觉生苔痕，满身烟尘恐失魂。

近日不知风未转，误把寒梅当成春。

其四

昨日旧雨染今思，喜怒哀乐天边云。

云随风动难自已，花鸟无意人有情。

其五

奇山异川不常见，每为公事登楼阁。

大江水满风不止，落日余晖漫山河。

其六

一年又尽岁徒增，卧病残吟久伤魂。

家中往来看雪客，无缘只说梦里人。

其七

往来纵马无行客，箭雨染红龙头印。

壮士有志为君死，掌灯又见东方明。

五月丹江

其一

皓宇星高挂，千里月更明。

光中人尽舞，风流云半舒。

其二

心忧明朝恐不眠，泉犹冷石苦难咽。

萤火飘零枯枝上，月中雁落长峡间。

其三

醉中花泣血，酒后风里眠。

君问我何往，我言秋山上。

其四

丛齿碎浪向天刺，朔风流江八方接。

大地横沟日正斜，枝头清梦星流野。

本心

其一

夜宿淤滩上，风中梦星辰。

心思摇月阙，言外动黄昏。

其二

大梦黄昏醒，书卷与身齐。

小园疏黄菊，暮色薄无力。

其三

山势千里和，纵横百川隔。

积雪映高日，天地熔一色。

其四

大漠白云开，破窗风无限。

连天流黄沙，万里孤垂雁。

其五

我心似明月，皎皎照大地。

回首落江海，熙熙千万里。

丹江感怀

其一

樟树齐茅檐，长发久末裁。

行旅却淹留，不觉二十载。

故人已不在，流水亦不改。

吾心随流水，流转亦长在。

其二

故园满风雨，千秋此雁声。

落日映高楼，小径无行人。

苍天挂低云，大道久已沉。

相望不相识，他乡醉吾身。

其三

沾絮风有形，传声水有情。

鱼我不相知，又岂是无心。

其四

当时一别经年逢，碧水白舟两岸红。

暮云三道横天色，金菊半开笑秋风。

其五

江畔韬晦初云前，斜风花草走马间。

千里山川绝相似，三两碎步不同天。

其一

日不停笔夜复查，何人驻留千万家。

一川水满风高处，两岸青浪归群鸦。

其二

此别均州天涯行，碧水鲌鱼思不停。

千里花开随风去，一路荫绿连山亭。

其三

流暇拂推故乡云，虫声追抹满山青。

惠雨和风千里送，玉石摇落满地金。

感遇

其一

再见细雨如别时，相去十年难忘魂。

共坐余思灯火晚，眼前南山说梦人。

其二

鸣蝉唤来孟夏日，华灯彻夜映墨池。

京中才子俱年少，当时柳絮能赋诗。

其三

幽情诗中云，红烛地上星。

文章空仿旧，应是无我心。

其四

金棺壮士骨，蹄下易水寒。

月照马鞍旧，云漫山海关。

其五

临别忽见横江断，惊觉黄昏倚栏杆。

空读诗书三千卷，眼前遥有百万山。

快马吴钩赴国难，书生细雨骑驴寒。

料得此生长如此，朝服衣冠晚自宽。

老将

身似干柴口流涎，零落四散说当年。

台上为君抽宝剑，西风尚未卷故园。

二十军中无人敌，半百犹能封狼山。

万里行兵人胜马，塞北不若吾锋寒。

今日奈何天色晚，明朝黄叶枝头残。

遣怀

其一

飞霞越远山，岁末接长秋。

厉眼破寒雾，击浪第一舟。

日落风更紧，支离思更稠。

迟归何所向，可堪火伴粥。

其二

旧城没草里，僻远少人息。

无情月高挂，降露湿我衣。

前路艰且险，世我相遗弃。

此去不求还，任风定归期。

其三

山尖及月处，雁去久阴晴。

杏花摇落日，垂泪江川明。

其四

十年劳苦换蹉跎，一入故乡去日多。

细雨摇风岁不减，月照秋水生长波。

其五

一夜二十年，听君诉边城。

远道不能问，余生有几春？

其六

西园天光漫故国，我与秋水共长波。

虫声彻夜不知倦，明月楼台悄然落。

其七

孤身不觉十余年，言多成病少误身。

一夜寒风吹我魂，梦回东房泣不能。

绮怀

其一

大醉方知今非故，当时汉水不曾渡。

小舟撑起千秋梦，此身随波去何处？

其二

雁去无情黄鹤楼，断肠犹是鹦鹉洲。

尽日金风戏谈古，少年华步揽流苏。

其三

当时杨柳风吹我，片片飞絮入灯火。

非有一地真秦楚，岂向两处寻故国。

其四

静立阁楼心思高，月出风上桂花梢。

偶问清风去何处？却又喑声怨波涛。

长夜叹

其一

三五之夜降佳人，月照江南枕潮声。

柳上凤箫思便至，河堤斜卧倚残春。

其二

每上寒山观晚涛，怀风枕月唱风骚。

佳客携玉沉碧海，大陆孤垂青天峭。

其三

遥与美人一水间，根接大地树不前。

一朝半句千年虑，竭诚惶恐非为天。

其四

怀玉不觉梦已深，花尽凋零枝何能。

已为苟活负天地，岂向远山觅余生。

寄哀思

其一

玉著已断风已晚，岁月来寻无处藏。

今人次第辞作古，海上青鸟正斜阳。

其二

愁思有缘今又来，此日半忧半听钟。

痴儿妄把清箫弄，但愿相望心相同。

其三

经年狂风拔白杨，倒根弃置裂岩旁。

我心坚石填东海，不见星汉枉思量。

其四

每有情思偷余岁，万马兵车逐林雀。

树上鸟鸣刀声歇，寒风几度吹明月。

其五

江中曲折未百年，已见桑田替沧海。

草木流转归于土，岩风凄凄道我哀。

初夏

其一

石老成痴态，花病风若衰。

知我亦如此，受命无心在。

其二

回廊接金阙，姿容若载月。

展眉风愈暖，颔首意更切。

其三

追名逐利以为耻，闭门蠹书亦为痴。

遍地青松俱凌云，世间何处不成诗。

其四

时势不利难诸葛，苦心经营亦覆辙。

苍天若有怜于我，霜风送我过冰河。

其五

云中几度晚声雁，寒风飞上御柳园。

多少往事成新梦，千秋来回合眼间。

其六

弃我哀愁飘千里，近江思绪连万年。

冀以满天星河好，不过土石到眼前。

其七

闲走泥步细雨松，云低成雾竹林中。

偶有鸟鸣散四处，风花私会月长空。

其八

半匣旧梦俱悲璨，一荷清露摇到晚。

近日僵躯心难动，不知北风偷送寒。

其九

山川狂乱人杂土，草木摇曳风转心。

日日漫纵光与影，留足长夜为思君。

入夏

临潮向古自气盛，少壮心思最扰人。

笔涛惊溅三万里，词锋妄借一缕魂。

落第后

其一

破空远雷惊寒鸦，九州好梦入谁家。

十年劳苦空汗水，流雨打落雾中花。

席上曼舞成枯骨，一夜紫衣为缟素。

古驿道上斜阳飞，夕波远逐化青烟。

其二

龙泉宝剑斩枯花，惶恐僵手持病匣。

不知匣里藏无物，却道好梦入良家。

逢君

当时风吹年少，如今春光未老。

往事云中过去，回首一声破晓。

似雪

夏雪花影顾一人，窗外拂光舞无声。

日照飞雪风四溅，天河下流迎此生。

惊恨

其一

黄沙走马花满楼，三分景色七分忧。

枝上枇杷苦又多，一路高堂排灵柩。

其二

卧岭绕城拔三指，狂风环山破顽石。

盈烛那复偷炬火，堪照瀚海浪底诗。

其三

碌食生即死，旷海命若舟。

凄凄晚境时，能记当年否？

日照

日照云漫峰盖雪，裂岩银束下碧河。

晚霞不见人不至，余生一道九曲辙。

立秋

夜雨秋思不胜愁，愁思尽拔拔层楼。

由来一语定是非，终去万事应亲仇。

月末归家

其一

偷闲购宜见家母，往昔不如一朝长。

已请青鸟开天阙，便邀汉水赴斜阳。

其二

持心不牢久难沉，经年多病亦扰神。

华灯如梦欺游者，红日不改照佳人。

感史

贵妃寻道非有意，荣华尽处是枯骨。

若无祸国不为美，千秋虽厚无古今。

楼台新成妃子喜，流川旧作看客悲。

若要残菊盼春雨，不如陈言付千杯。

骤雨

疾雷未及掩日去，风雨倾城路为江。

湿尽变作儿时戏，独行方晓天地旷。

矢破层云惊余岁，笔点山河溅斜阳。

心中风雨若如此，可盼吾生不思量。

幽情喻母

绝弦复命笔，木落还食薇，心向城头月，泪下风中尘。

昔蒙父母恩，所受技与儒。书卷延青天，旌旗挂云间。

端坐金屋里，欲报圣贤恩。时难可陨首，太平则薄欲。

丹心持旧梦，微志逐世尘。孤握掌中玉，静照天下人。

所历俱余咎，空劳不足勋。悬梁杜暇思，未间至如今。

枯朽不受用，兵败非数奇。凄劳尽百年，史官不着笔。

若为五陵郎，不作天地忧。季季散余财，时时享欢娱。

贫贱复繁艰，此期少至老。轻帛不可得，壮志不应有。

呜喑常哽喉，忧心日灼肠。每沐血染水，久坐皆生疮。

太息染鬓发，自怨复刻额。同辈壮年时，僵躯已龙钟。

虚名非吾欲，疏趣不可得。衷情死难改，苍天此曷极！

执戟问家国，余身赤心绝。碧血洒玄土，寒灯映素雪。

名每落孙山，诸事列最迟。无以罹深难，繁哀实难承。

所念物多遗，所惜者磨损。欲志瞬俱忘，喜皆须臾失。

溺此而罪己，昔时恐不信。本应以喜告，岁难最思君。

冀勿以吾忧，尚有一息存。人皆行四方，系此游丝上。

徒余性乖僻，周身喧欢愉。千秋成此日，天下太平时。

难逃寒生悲，当为天下喜。揽镜濯我鬓，知我者相视。

轻抚岁月痕，慰我风尘迹。孤舟江上涛，夜梦不能逃。

勇夫难驱雾，宝剑难断水。天廖罗网密，置我于何地。

何处堪自迷，碌生不如死。秃鹫戮我尸，食我无用骨。

无顾赴死易，逆流存身难。幸为壮志死，今我竟何为？

若陷淤泥中，脱身力不足。若空欲不满，本性实为劣。

识短身羸弱，何以隐南山。坦途成荒径，大道通黄泉。

自矜终为倦，孤鄙空羡贤。多言徒露耻，流亡不必怜。

复病

我道世间无主客，万人相争熔其魂。

行立不能已囹圄，廿年徒劳赎余生。

倦

其一

苍山远木平天阔，横云轻风流霞深。

借得人间愁半点，聊慰渺然一缕魂。

其二

北路万象归余年，万里清江入谁眼。

记忆风尘尘满面，望雪凝愁愁无限。

自勉

辗转雾里寻仙境，蛟龙腹中探宝珠。

池中枯荷几欲折，犹以残躯擎朝露。

题终年

少年案梦惘平生，曾以尺牍为功名。

枕上泪痕无人问，当时幽泣几度闻。

黄粱易散何以续，一人喧呼万户喑。

高岗意静待时运，大病久卧起揽镜。

势囿位限扇羽折，远风八方皆不应。

戏心微雨凌旧事，彩云华光削来生。

夜驾群马昼乘鹤，瀚海无迹明星沉。

玉面皎容传金策，将军列榜争日月。

宗盟经纶纱帐下，决断大漠起黄沙。

信步提笔舞龙泉，虞故交新竞万邦。

穷塞驿中商未断，琵琶弦上曲不绝。

墨笔尽润九州土，铁甲皆沐北极星。

僵身谢赋辞桑梓，空作盛世白头人。

冀引清渠托芳情，欲逐流水追不及。

匣里素笺悄然寄，飞上帘钩无处觅。

倚命鬻技连无隙，登顶志感铭终年。

阡陌羊牛等闲客，不至桃源誓不回。

狂子纵歌蝇营语，林间清露溅叶声。

满腹痴书无一言，往来相染归何方？

烟上孤阳垄上家，极目山河流金霞。

花若风属根不断，余生曲径通天涯。

飞雁远报今岁稻，赖得鱼米填残躯。

蝶恋花

君不知烟柳无情，杨花自飞，枯荣能为谁。千水浮萍任破碎，万山草木自芳菲。

若得此生常醉酒，来生如有，常看河边柳。醉翁不在安有酒？唯见青山几度幽。

清平乐·夜

　　星月长情，夜梦扰孤魂。复感世间谁知我？心自暗叹无人。

　　古今才子风流，平身花鸟沉沦。愿将此生多情，换得一许清纯。

破阵子

未得醉酒心，先闻断肠语。何惊忧愁寻人早，

过去十年皆如是，无故东风举。

青眼不堪一看，白首纵歌几回？寥落黯淡轻枝

误，沉向金炉香销骨。闲云散漫秋。

乌夜啼

　　风雨断破长空，是天仙。无故寻愁觅恨天地间。

　　四面楚，桃园迷，险处连，却恨插翅亦难逃生天。

望江南·清明

　　清明时，细雨天地阴。此节理应配此景，万条青丝述人情。细雨伴清明。

　　清明后，日出天气新。晴日便应登高山，山花山草笑相迎。春意暖如今。

破阵子

梦中风送细雨，醒时有酒栏杆。多少夕阳多少寒，水棹烟里是江南。憔悴隐春山。

初雾拂尽云盏，白日星斗渐阑。新词片片吊莺燕，鸟鸣声声唤玉兰。镜中影清散。

乌夜啼·终曲

杂声调终曲，仰时雨止天冥。焉知来生应如此，此生不甘平。

夜雨阑珊春静，梨花正逢清明。谁顾何年花最好，今朝应我鸣。

破阵子

乘舟夜泊数里，驱车早去三冬。洛阳舞花花千

朵，水殿凝冰冰万重。过暮听晨钟。

清芳何枯何落，静茶且淡且浓。春日得愁春日

错，泪洒天书泪洒空。再笑对芙蓉。

水龙吟

　　人间事，多少未尽？最恨中道亡故。火树银花
国尽欢，独我天涯尽处。笑且静，又问星，可曾留
古时阵图？风月无言。此世共志者，先往黄泉，后
亦无见福。

　　昼夜求，如受先帝遗孤。也曾火焚经书。古来
无数孖枕路，左右尽道情思误！阿房在，金城固，
往来行客足下土！望山如古。罢酒无琴弦，料知我
者，怀戟矶头渡。

西江月

　　每有失志谁诉，入夜伤神无主。陈兵百万大江前，意在南北共都。

　　浮云又换朝日，人笑杨柳轻舒。黄沙漫漫几世墓，当时杨柳如故。

苏幕遮

　　秦半两，汉五铢。商贾云集，青春流一路。玉手拨乱离别泪，杨柳风中，灯火散四处。

　　车轨同，民心殊。楼台高筑，又难免尘俗。何人功业盖千秋？劝君休问，不如多读书！

卜算子

低燕穿古径，草与断墙齐。破窗内外山川在，不曾有人息。

余霞追陈迹，穿云接大地。宝剑披甲度平生，恨人亦恨己。

鹊桥仙·雪夜

北风夜号，明月高挂，万物无声熔银阙。山城梦中烟车马，只待春至迎佳节。

万条银丝，飞上寒林，漫扫一天玉色雪。落羽岂辨城与野，不知人世多少夜。

临江仙

轻风檐外细雨，花开半抹微云。江南好风天气
新，苍山隐古刹，偶然循蝉临。

有时雾漫来路，忽然万里俱晴。几缕彩光照窗
棂，画雕失历史，尘起见古今。

江城子

西望重山掩余霞，涛声静，相思稠。风逐明月去，微雨满花楼。应邀牡丹醉洛阳，芳潮至，万人流。

雾里红紫散成秋，寒霜挂，何处收？成败皆如此，难舍觅封侯。料醒独卧天地舟，来时梦，去时休。

永遇乐

风雨楼台，花鸟巷陌，山河箫鼓。行者歌故，蔓条攀枯，惘然年华度。痴臆妄作，图谋策史，戏言千秋万古。本应是，孤卧衾中，奈何明月恐负。

书卷胜景，心溢于言，世汲汲于虚物。二十余载，昏入旧梦，筑余生残骨。怀玉涉江，伐荆去楚，访得云中歧路。今且去，不知来日，天涯何处。

夕颜集 ——

文言文

归乡

　　寒门出生者，所向不知路，所求总无应，每每事难行，余则讷言陋形，特为尤甚。八岁母病，余尚未解忧心，心总向嬉闹，远近无所求。祖父怜幼孙，亲抚诵诗书、弄棋子、戏文墨，诸授格律。时三两戏言，笔墨亲录，成余一生重文。

　　然余学问无成，优升无门，顾于四方，虑至襄阳。于是十二离家，敝衣求学，离乡初夜，夜不能寐，孤身寸衾中，枕泪到天明。始日功学业，不知疲倦，不忧父母心，努力取功名。襄阳皆勤苦，吾再无暇意，日日发奋，耳不外闻；夜夜勤勉，只求学问。自言为己身，久而疏旧情。

　　既远去，母为余学驱，中年绝难为新，三年不辍方成，然余益远，已无用矣。

十五之时，志在天下。三年勤苦，学问起色，名列前茅，举家骄傲，父母欢心。余不善言辞，难寻知音，利害前陈，常思吾身、念庶人。欲革锢疾、洗风声、恤民事、法先贤。同龄路远，再无多言。

孤身向世，琐事愈紧，学业愈忙，祖父病故，终不得见。无暇泣泪，年追日续，方恍然若失，知往事成梦，诺言成空。又恐朝阳转落日，白首未成志。忧心忡忡，所行弥远，所思弥深，不甘自迷，长寂失志，事久不顺，所欲皆沉。又居武汉，岂料疾扰，不日休学，医中数月。父母奔走，一年避世。事荒业废，向之所长，今吾之短，弃于学理，转而从文。

余今十七，位卑力微。诵诗千余首，尝读万卷书，然前路黯然，周身绝路。姊妹兄弟仅足自给，料得此生疲于奔命。乱雨如箭灼我心，提笔尚难何谈剑？曾见人间腾霄龙，九州风雷此时同，万民夹道奏乐钟。当此之时，锦风玉河，世我皆忘，浮若烟阁。

民安国兴七十年，于我又一冬。年华转瞬逝，无缘平生志，叹息肠内热。年年无所往，空手还故乡。归是故乡人，行于故乡路，南国少冰雪，枝头三两金。偶得见故景，已无旧时情，曾经嬉闹地，见之愧吾心。今身空七尺，虚度二十年，百事无所长，功名无眼缘。往后埋乡里，葬于人茫茫，不必铭空墓，见之父母伤。

吾死无所怨，恨忧父母心。生儿育成人，岁月何沧桑！子举步维艰，为奔走四方。牵手青丝垂，回头白首郎。家门树又高，无功向张皇！远近俱富贵，吾蝼蚁同岗。书以留后人，戒之不必伤。

仙人

昔日先人筚路蓝缕，每有年荒，数米而炊。江川二百里，山势五十年。当年秦宫汉阙，如今归燕吊古。少子不成才，虑地忧天，无所归依，妄言而已。

余身世黯淡，本性激抑，独行年岁之间，往来天地之罅，又望世事如画。所系山河，然山河无念。欲得功名之贵，报父母之恩，顾古今，羡左右，忧此生，欲而不淫，艳而不妖，溺文而返世，本真固然。强邀忤逆，吾心泣然。

朝饮风露，夕餐蝉鸣，青春虚度，恍如百年。秉烛夜游，愧对先贤，发奋十年，皆成忧虑，对影自叹，终难合眼。不入富贵，不识珍宝，无以生计，马尘为伴。此地之下，曾有亡骨，千年一息，世人同处。

余至十七，略有成意，愚言为吾，此亦为吾，往之懞懂，亦为常逝。西上高阁，凤归之所，尝有仙人，尝见游龙，仙人不怒，游龙不惊。东有浮楼，霞起之地，亦有仙人，亦有游龙，仙人已逝，游龙已归。不知东之仙人至西，始解云霞易散。

臣汉唐子民，有封狼志；疾苦之家，有安民思。自古行正道而多磨折，拔昆仑而斩星河。才伤今古，上思去形。浩养平生，闻风志雨，意动层云，彩衣霞舞。生于毫末，志在四方，吾问仙人，何逃尘网？

仙人久不语，吾未敢复言，小子无用，安敢垂涎？仙人缓起身，相与细言："汝事吾固知：每听窗外风雨声，如闻泣泪叹不停。心忧天下，常虑黎民，奋发无果，事皆不成，又无斯人与念，无称心之乐，哀壮志之渺远，惧不堪其大用。繁思过百岁，行如空壳，久置朽木，山川形盛亦难抚之。吾日久常闲暇，又疏志与趣，每日行天地，不曾有此忧。不解亦相怜，知卿尚年少，日驾紫云八万里，愿为卿分忧。"

长跪谢复别，明日亦勤苦。小子无殊才，得生亦可足。身无羽衣心无宽余，天下古今皆如此，昔日大树三千丈，万条深根入国土，暂且安然今日，不使明朝白头。

自叹

　　故居西有小林，枝繁叶茂，下有灌丛，每惊其孱羸，身无附枝之能，亦无参天之力，苟活罅隙，无日饱足，终何人惜之？

　　余起闾左，世代为氓。百步遍世界，近无高楼林立；得生即燕雀，空有温饱之心。疏才学，弃意趣，姿庸懒，困乏终日，光阴绵长，不知立身何时？安土乐生，嬉闹菜畦，几处蝉鸣远，似有新蛙声。

　　稍长，有进修心。小镇终死水，循迹活源来，乃至襄阳。此地绝非凡，同辈欢颜，俱怀壮志，左右豪言，料是栋梁。余有羡意，遂静听训诫，诚心求学，三日废一笔，一周二十卷，日出坐满堂，人定方得归，诵读北风吼，饥餐三碗少。三年如一，终有起色，名列前茅，精书博诵。

不甘固守一地，心又有壮志，所见唯学一路而已。循汉而去，顺水而往，异地一江，新故相望。恃经世之才，以为大用可期。然江汉仙都，往来行客，风华流处，玉缀繁花，风歌月雅。余渺然依旧，世我相隔，定劳苦一生，绝无休歇！生而草芥，苟能保命，岂敢多求？眼前山重山，须待徒手登天日；足下水复水，更胜填尽东海时。长叹而终，是夸父遗恨；竹席尸首，定明日相忘。

行吟江畔，一川芳草，半抹微云，归家飞燕，轻摇垂柳。风文清明，命里应许，百有余步，岂料日暮，往来足迹皆入影，霞压江水鱼跃金，知时已晚，梦笛声迟，不甘而归，余生远寄。

不堪君子，亦非小人，苟保薄命，废神无成。繁花所见者，青草多无闻。

寒生

奉天之事，竭民之力，有命口舌，百年劳病，此吾寒生。

声发于形，影束于身，吾之为人，困于琐桎。余固微贱，劳务不断；经年薄祚，上下不通。无暇饥渴，喘息艰难。所见锦衣日腻，集絮为裳，吾着色褪重补，相传日长；所见餐厌珍馐，玉露成汤，吾食粗粝细品，数米充肠；所见连楼齐天，金碧满堂，吾居终年不定，蝼蚁繁忙；所见香车年少，路阔胜江，吾行三步一顾，颓然失向。年少俱壮志，谁人无暇思？吾亦尝读三千卷，欲得友相知。当年日观天下，志论国事，眼不及周身，非甘霖不降，非广惠不施，如今羞颜谈此。流水催行舟，世我相遗弃，上则乘好风，下则入尘泥。人生无再见，万事一别休！世人本陌路，同行短途，岂敢多求，安能怨命？高人戏龙凤，乘云过市，投食群聚，一日之费，十年有余。吾死谁人伤？可堪竹席半卷？勿弃一息之间！石王之徒固有，力不足求恒亡。

每夜辗转，心惊淋漓，僵躯俱裹，不辨冷热。徒然待老，忧以饱腹。日无所向，劳苦焉付？青鸟不访，黄泉无路。危楼掷酒，千金浮名，此生俯仰间，付一笑！

远山高木，废土凋花，往来残垣，日影成人。叹江川草树，年年依旧，儿时欢欣蝶舞，如今蛛网囚缚。或问曰，不思而喜，日思而愁，孰优？何有人求愁邪，是非人定也！树之在此，愁亦如此。非寻之，偶然回首见之也。一地之景，为日光吹烟，高木极天；为月色下泄，光漫四野。见者同，思者异；同者合，异者离。孤身日久，对坐无言，纵有感于古人，又废才无能，岂敢驱文字？

生而陋，老而讷，迫于闹市，石沉沸水，空心难支，魂入九霄。不欲功名，不求富贵，所欲远游，然世风催促，恐负父母，无以自赎，无从自决。惧不得怨，愁不敢言，桃园无路，迷津不渡，采薇不能，此寒生者，古今同。

终日寻愁觅恨，赋诗自慰，先贤自比，广览其文。笔及成诗，每惊魂魄，久斫无感，忽然成吟。柔情结雨，泪泽凄艳；苟以延命，新失旧年。东眠西梦，纵代代不同；北烟南风，定世世如此。

情窦初开，能善词工，艳压江头第一春。假借东风，与君相逢，莫使早别离。勿嫌妾身贱，勿厌妾容颜，妾心藏日月，夜夜诉衷情。

筑道

气蒸海内，心尽咫尺。淮南逢春木常在，枝头托日月，九天挂银丝。丽景雅致，吾心融炙，亦忧亦愤，亦悲亦嫉，烈火连山，蔽日遮天。

竹雾听琴，所思何人？三五之夜，明月之姬，姿动妖云，雨拂新禾，散发徘徊，影霞交织，垂丝束光，曼生清风，玉目素心，言馨芳草，轻涉碧荷，愁无不消。

所思不可得，吾心又何改？千山摇木，万湖连波，非因人而为此；春秋兴亡，内外民生，岂一言可道尽？长鲸灌海，浪击千里，上气下泄，巨渊升潮。轻舟穿浪，倾刻而覆，蚍蜉撼树，岂止有勇。吾惧何物？所念不得，所学无功，死之日固有，何今日不可？毁身兴道，何不为之？

只云片雨，不共九州，陋理微言，不及天下。岂有置井底而通人事、阅一书而晓万物者？天下之人，或腹中而亡，或百岁有余，或茅舍终身，或生居金堂。命中之事，不可逾越，远近之思，不可弃置。不减华光，不畏人言，不失本心。勿羁私情，当思黎民劳苦；勿惧白驹，当究寰宇之变；勿惜桃源，当念山川远大；勿陷罗网，当寻称心真意。

野旷奏乐动四方，何需反复数愁肠，矫首望月流大江。红日升而落，海潮涨而退，今已洞然。长星波无穷，浩瀚光不至，又不知其实。扪心复拜，大道何在？

世我相厌，独出荒原。庭院深处，春花数盏，雨帘低叩；低眉眼中，人继兽亡，骨化白沙。吾忧天下，却厌周身；吾望千里，方寸难移；吾见千年，半百犹隔。欲济天下，空有虚言，泥舟不渡；欲达己身，枉自无能，衷情不诉。万丈之渊，游丝空悬，荆棘缠之，攀无反顾，若有良机，定能不负。

昼诵诗书，夜赴星辰，人前常缄，万事俱论。漫为人言，非我所欲，宁泊天下，征蓬入土。生而有欲，终不知世间之实，人之渺然，纵万代亦不足论也。人之所见，心之所映，有限焉。况彼与彼言则有差，心则有异，常不见全则有事定，不查实则有推言，今实而后谬，今定而后废，谬者无穷也。生仅百年，又不足一一查实。其欲也无尽，其志也难久，半途而弃，中道亡故，未尽者又多。实之不可达，人之不可济，天下之事，天下决之，人之无力，顺流者不知。无物固恒久，实否固无用。若泛舟，顺流则千里；若乘云，顺风则不坠。真者假，分者合，远者近，事必有具论，人不必知之。见而知，知而为，积劳无用，顺而自然。

天下与我何干焉？北雁南征，星河流行，日月周转，气运生灭，非因我而起，非无我而止。千秋非一人为之，吾从大流！泯然众人，亦足自乐，广览贤文，略得其道；山野植菊，荷下待晴；精待口腹，怡然拥衾，临窗听雨，情寄苍山，不慕富贵，帝力不加。流转万物，自然盈竭；天光水色，地眠风歇。

一地而生，一地而葬，繁文不达，卒心相映。

愤道

五岁有智，未尝一识；经年困苦，永不得出。人非心所往，世无我所向，今长愤且道之。

初春高阳，困顿生淤，十年莫长，生而无分。固知人而有限，壮志难成；固知命而难违，庸贱老病，然一天之下，一日之中，升云好风，阔步大同。睛空影过千秋雁，偏有词风吹古人？吾知而不信！然鄙贱自毁，手足俱断；情淤自焚，五脏俱失。飞蛾扑火，原是命定，苟且如此，与卧病待死何异哉！

少道老成，老而无魂，吾非木石，岂无悲愤！经年淫雨，浸烂宫阙，长恨入骨，饮泪泣血。非较于前，非求于后，病缠身颓，孤鄙无能。愁怨常私，欢愉不扰，非求煊赫，贫交难成。吾且问：世我不知，何遗至此？终无人诉，何立于兹？经年劳苦，以求何物？我心无愧，何此难安？问而不得，碌而不成。人言重重，尘世倥偬，琐思系系，苟活无隙。仰人不免苦，俯足不得恕，痛哉！吾凡夫也，何能处渔舟而忘腥、断吾足而求远！生而无望，陋而讷言，若非吾命，何以无怜！露依芳草而寒流民，雨泽万物而驱土石，悲夫！

雪有北国胜，月有江南明，名有世代继，财有世代传。若为微草，何生高木间，终日不得光。不敢怨命，亦生定死，人诞愤随，人亡恨存，叶怨其根，人忧其本。思不敢逾，梦不得安。常有悲愤，气自逼人，愁愈难释，恨更难解，时度人离，夺命入坟，此焉非吾命？束手向天，以待终老！

生而微，如临渊；愤而道，以赴死。有翁置杯于庭，水曝尽而雨满，翁以其无异，而饮之俱泥沙。其为水也，名同而实异，又岂可滞循故迹，得名忘本。当其本者，一人一兽，一思一气，彼彼相连，以致万物。虚而接实，实而映虚，存而有亡，生而有死。世之相人，亦如人之相世。则虚实无分，死生无异，人与世非有别。不知非不知，不实非不实，此间无异也。古贤者非有别于今，其志未死，其文未亡，而授书蒙尘久矣。托其良者，非故制也。今学堂俱满，而天下儒者多乎？汉本霸王道杂之，焉用以独尊，空予腐尸厚葬者，岂可得天下。

一树雨中，有桃花偏好。静思自伤神，而快刀斩豪雄。落叶乘风，坚石久摧，恨忽然醒，终不得醉。因知其有而不弃，守心而逆流。非不醉也，欲醉不可；非怨世也，吾向险远。当时立马，望而知今。今有幽恨，早有所觉，当时拔剑，决断自切。不欲富贵，不慕虚名，纵无人诉，已无悔路。已忘生死，不敢自轻。

非有一理以定天下，一人以贯千秋。补旧拓新，传思予人，虽不得见，遥祝欢欣。知一言也难传，遂置赤心于此，高悬而照，冀君勿忘。

哀道

役物者道，役生者死，役吾者其藤之心。若持之则不安，若弃之则不喻。不安则无以为生，不喻则无以为德。以生死轻而德行重，天地轻而匹夫重，故俟终为常。然行逆其意，功背其事。量天以纵之，辟地以求之，于人必不察。意动于前而心发于后，言充于德而行陋于质，目鄙而妄断，性隋而侥存，素以为耻。病体讷言，所能微焉，先图后殆，未成反害，吾其亡也。欲得心交，尤复困于孔方；欲揽八方，尤复惧于众铄。邀词激赋，文益不达；事空虚微，思益不传。

若有其人，不拘于言，不现于行，无规以循守，无度而功毕。钟天下之宝，加之弗使之盈；穷家室之财，夺之弗使之贫。得之应得，失于应失，言莫逾本，思莫逾道，心而无所顾，处而自有行。寝于所息，争于所向，无心不往，无往不至。于意莫失，于人莫负，与之交而弗嫉之，与之争而弗敌之。

呜呼，天无常道，地有恒名。天无常而久，地有恒而灭。因同而异，因异而行。天犹不功，地犹不言，纵知圣贤之道，何蜕于俗？纵心无歧行无异，亦不可传世，无以嘉名。知其正道，而体尚难策，心不可为，何哉？盖斯人如此也，心之涨落，身之浮沉，焉能自网，安能自丧。其性莫加束，质莫加论，相与咨谑，命逢终属。或沐朝阳而生，浸余辉而死，一息以为度；或小寰宇而短千秋，驱万物为用；或怀和璧而就公卿；或营四方而抱病体，皆有不夺之志，离群之思。

金红遍地，不咎西风，不责墙圮，而短其缤纷。上德于天地，下礼于禽兽，非仁也。为闻而异之，为度而尺之，非智也。轻彼重此，何人无所负？轻千钧而重锱铢，性以为道，行以为德，万物莫加束。伪以为真，虚以为实，相异同之。揖笏步剑，晦明不同，而行列无异，皆负苍天，共映垂幕。故事无要次，人无主客，举世齐首，万代齐功。地极广域，筑土连城，累世莫侵，百疾莫扰。若无此言，何以会前应后！

受命之年，汲汲覆焉；存身之所，熙熙容焉。行益缓，志益衰，心岂改？飞湍下泻，激荡不止，无奈多曲，置身沉浮。欲有行者，行必不达意；欲有功者，功必不至其事。忽有万丈而矮五岳，顷刻则坠；忽有孤鹜而不可群，不时则弃。支离其心，骚极难耐，莫如引首待死。纵千世之功，万卷之学，无偿少时一梦。

虫之残躯，僵犹不止，凡不可至，意犹动焉。惜生哀死，生死罔为用；殉死固生，死生靡为朽。艰磴难道，兴弊衰利。从性而生，有不若无；从心而生，无不若有。无意之有定，循故之致异，薄而处之，静以怡之。是谓纵饮泉源，复待下流。

风蚀时窃，渐新依旧。拥衾侧坐，阅旧时书，横云流波，周身远乡。安然入眠，无惧于不复醒。畸姿矫容，妖谗莫信。渺远不通，心波所泛，安怡所至。罹难无所逃，何以无惘？惘之复之，其哀道之。

守墟之苔，落桑之丘，渔哨斜阳，立马江头。负载而征，勘刻星辰。刀声拍霜天，凄号唤破晓。烽烟焚拨心弦，灼日熔搅黄沙。塞外亡魂归来语，西风夜扫无定河。

云南

云压青山，水连朽木，本楚鄙人，幸观华府。穿风起之藤珠，越流阴之天池。钩萦月之素玉，辟杂生之乱枝。

旷野时丘，炽阳间雨。一树蔓条枯枝，无边春田藻池，半片流霞诗。浮云已老，流水不回。驱车往来重山，不见古迹青丹，而行人无异，天地未改。

奇花不谢遍大地，绿水何惭渡行舟。花间轻漫者，竹骨絮绕，铃音珠盈，靥聚横云，肢束流波。颜自水雾回天处，体携桃花一语酥。姿容引风，遥拨吾心，江底故月，弦外无音。

光穿云，银束晴，雾漫山，雪压林，其锋或可见，左右争夺焉。地承光印，碧映山林，点枯木三枝，红叶数片，不见鱼焉。潭间多瀑流，或叠贝或石崖，水流声间急。苔寒气清，莒引芳信，树影摇光，清风便至。

驰心星汉中，随风过九州。上气飞川，下气淤地，齐云白野，金霞流沙。垂纶坐鹏羽，日朔青天极。

日光笼络网动沙，笔缝天地点人家。道：多思眼前事，淡泊心上痴。鄙贫数十年矣，常觉明日贫亦可，死亦可，然心守焉。平生简色，朝夕自期。生而得育，吾不怨天；育而不迷，吾无愧地。少有奇志，可守至百，作文七年，词赋俱裁。才不受赏，气当沉酿。知心之人，或去万里，或隔千年。无间于锁务，无渡于尘网。登高而惊寒，积虑而失算。沸城孤盏，遥望霄汉，溯流故信，融思新川。汲天地而异色，人过我而何为？

古来争相盟背，异土而战，远洋征伐，骨血俱残，文不及寰宇，岂足道人世？生短而繁，唯业心焉。天下贫贱多矣，岂贫而自轻；天下劳苦久矣，岂疲而自弃；天下征伐常矣，岂惧而自屈。故古道不失，新道不迟，为守孤而有志，为历死而置生。

丹江

　　故园已芜，光阴已蠹，低云入城，华风穿路。八月廿八，余得暇归乡。度将赴远，百事愈急，年则一归，故游景省亲，未敢复闭门。

　　丹江，古均州也，临汉接秦，山环水绕。捷道新通，清江北济，架天桥而起雄坝，挹沧浪而带武当。汉江左右，日久益新，乡与吾俱长矣。幼时平屋深巷，奔行往来，虽深未尝迷也。今瓦砾不在，以为游园，群翁怡然。始高楼齐列，大地着新，知民心齐力，千秋无异。

　　汉江也广，相思也长，江左旧地，江右新址。左则楼列树齐，径交人闲，有新旧两园，多舞于此，民乐也。右则大道至湖，得港，旁建新塔，承云望江。

市也嘈嘈，林也苍苍，云隐幽径，山眠忠烈。连丘不见野，远江不见石，水上人头动，风中晚霞流。惊浪如妖，条波如鳞，亭台半遮，花木时现。层阶藻印，碎贝成沙。枝如折骨，蝉鸣余生。景，心矣；心，岁矣。

故居门檐有燕，虑其富贵未扰，稍扫其尘。余倚闲，顾旧物，儿时亲为之，他日当取，时时相忆。庭中偶有嬉声至，如当年唤吾。旧树已迁，新灯如炬，车已满，楼已漆，惟人惟岁，顾此天地。

亲能相养，无以共居，少即远游，四散天地。访其新居，曳椅来迎，余方落座，鲜果已满。有幸齐会，偕语流江，老而迷矣，能忆当年，音外之味，犹劝学焉。吾知其言，家国旧事，三代之托，在吾一身。此则一年多，彼则一年少。

世之不常，其常也。思余之往者，未尝循故迹，每倦更地，如逃罗网，乘兴邪？有命邪？然乡犹迟情。今暂归旧林，他日鲈鱼脍。若得以功名侍亲，经年漂泊无怨也；若得以相守合欢，此生未敢复他求也。愿引长云度弥月，待浮枝化截身。

赤心满溢丹青地，情网结尘系故人。幸承天运，父母俱安；苟接地灵，经冬未寒。知人事枯木，晓吾命残花。故不以世誉为喜，不因孤鄙而憾。诚感风云迟息，保今无怨，世如信而非梦。

方石

　　子安文排户市，赋动海潮，常云中谢客，唯好杖焉。凡名工出辄购，各式雕漆，翠羽流苏，俱列满堂。尝有劝者，子安笑曰："待终损之而悲，不若早新之而忆也。"又曰："吾文若杖，华乎貌而悦乎心也。"每往闹市购杖，并传览其文，一日见后生新稿，叹曰："其文以血落笔，以命成言，溪江池海，其可观也。"

　　作文者乃方石，居汉水之滨，数览名山胜迹。当其穿秦至汉，恢恢乎风游江畔，寥寥乎烟入高天。昒雁迁猿往，预遥舒意；乘跃浪浮舟，水汇心交。连珠拱碧，瀑流之湍回；浅雾淫雨，峰峦之素纱；清霜平雷，悸栗之魂魄；叠羽团扇，驾日之车马；

幽涧骇石，曲径之沟壑；青霓绛霞，静思之异彩。芳华帐中长忆，秀木城下有闻。游龙驰于银带，雏凤栖于阳丘；展袖舞于群山，佳音奏于远乡；众星架于旷野，金霞现于东方。日掩渚芒相会，梦中云幕卷帘。妖乎促织画皮，恍乎月宫蓬莱，膺乎埋碧啼血，怡乎梦鹿化蝶。汲汲目不一视，悠悠心无一所。虑安神静，往周来通。于是迷乎暗絮，于是挠乎容俱，于是溢乎尘蜕，于是流乎遐意。万里方寸，千秋一息。遥霜鬓窗前，面月而叹；择孤心瀚卷，映雪而安。方石叹曰："所历达山阔水，皎月妖思。非缥缈而不可至也，可至而不可为也。"遂定居。

时帝御东南，旌旗齐云，以天地为苑囿，驱万物为时序。百官相随，麋鹿献首，四海珍宝莫不至，八方贤良莫不得。国经本蜀地名士，欲往献力，道江汉，见方石，语曰："君子行而不惘，德而不孤，当端天下之容，立万邦之正。"方石笑曰："非常之人多，而非常之功少，古来多将军折命，才子误身，吾无惊世之才，徒有平湖之意。况所欲之事，犹念其质，素厌群鸦乱鸣，以静为好。树枝摇明月，轻风落星河，吾得此也。"国经曰："当知川泽、芳华、亭台、高阁，非图于迤逦，其志在心也。若幽王击鼓喧天，烽火连起，乱马布道，万国为戏；若相如拔绿绮弦，奏凤求凰，柔音洗面，佳期渐至。或妖心谋私，或意托风流，皆妄作诬传，非图于先人，其志在时也。列子齐奏，行文瀚库；诸国竞征，横戟簇辙。成文者世，望复虑之。"方石悠然曰："今天下亦以标新为贵，妄言为美，出语不三思，顾名而弃实，此千秋何异？纫竹为器，何掘厚土之业。吾坚石质，不为名起，不为利趋，以文为乐耳。万般之相，俱在此生，此景相适，奇于常也。"国经遂别。

是岁将尽，方石复游于深山。裹杖深林，半日且乏，欲寻荫石而憩，有疾风声。往察之，则暗穴涌风，方欲去，忽托上梢头。目稍炫，山卷尽展，身入云间。云中雨雾相迷，有仙人侧卧而眠。见方石惊起，问来何方，具答之。其坐雨中而衣袖俱干，松姿鹤颜，问曰："汝所来欲居否？尘世淤池翻浊，故消遣杂时，故纳异为规，故陈词而奏旧，故诵虚而自得。仙人静也，非纵世之功，有安怡之所。"对曰："人之相世，善变者能深，善化者能远。以长戟掘土，虽利不能快；以宝剑伐木，虽锋不可得。金刚之坚，不若无形之水。若质已固，则求宜人宜己。以吾之力，尚可折花递友，取衾暂拥。今日且去，他日或往。"身坠云霄，惊觉于席，甚奇之。

后复访未得，问山民，皆不知其事。

及国经返蜀，道江汉，白首相会。国经华服冠冕，叹曰："沃野之马，奔于暮年。灼日穷于往返，忧心咽于死生。"赠帛而别，方石亦归山中，不知所终。后有牧童见老者怡然山间，问何方人，徒曰："竹短兰高，遂仰天大笑。"

注：读《上林赋》有感，虚构故事一则。

图书在版编目（CIP）数据

夕颜集 / 黄兆飞著. -- 哈尔滨：哈尔滨出版社，
2024.4

ISBN 978-7-5484-7850-8

Ⅰ.①夕… Ⅱ.①黄… Ⅲ.①诗词—作品集—中国—
当代 Ⅳ.①I227

中国国家版本馆 CIP 数据核字 (2024) 第 079008 号

书　　名：**夕颜集**

XIYAN JI

作　　者：黄兆飞　著
责任编辑：杨浥新
封面设计：里奥设计工作室

出版发行：哈尔滨出版社（Harbin Publishing House）
社　　址：哈尔滨市香坊区泰山路 82-9 号　　邮编：150090
经　　销：全国新华书店
印　　刷：玖龙（天津）印刷有限公司
网　　址：www.hrbcbs.com
E-mail：hrbcbs@yeah.net
编辑版权热线：（0451）87900271 87900272

开　　本：889mm×1194mm　　1/32　　印张：4.5　　字数：46 千字
版　　次：2024 年 4 月第 1 版
印　　次：2024 年 4 月第 1 次印刷
书　　号：ISBN 978-7-5484-7850-8
定　　价：58.00 元

凡购本社图书发现印装错误，请与本社印制部联系调换。
服务热线：（0451）87900279

弘扬五四精神 不负青春使命

● 王爱丽

"百年磨一剑。"观五四运动一百周年的今天，中华民族已经利剑在握，肩负并行使着大国使命。一百年来，在五四精神的指引和感召下，中华民族走出了一条属于自己的康庄道路；一百年来，我们建立了一个富强、民主、文明、美丽和谐的中国，正踏上新征程，进入新时代。

回首往昔，中华民族历经了太多沧桑巨变，经历了无数的列强侵略，饱受了战争的苦难。1919年的五四运动是中国青年在向世界宣示：东方雄狮开始逐渐觉醒。这是一场影响深远的伟大的爱国运动，是一场思想解放的新文化运动，它标志着中国近代史翻开了新的一页，标志着中国青年成为反帝反封建斗争的先行者。

再看今朝，五四精神永不停步，我们的青年、我们的国家正逐步走向美好未来。一代又一代中华儿女始终站在时代前列，不屈不挠地奋斗，历尽艰辛地求索，创造了令人赞叹的光辉业绩。从"四大金刚"保卫海疆到双航母巡航；从初开国门到一带一路雄伟规划；从"弊车羸马"到"高铁驰骋"；从"飞鸽传书"到"互联网+"……中国不断向世界展示自己的实力，在国际政治经济舞台上不断提出中国方案，贡献中国智慧，让世界为之惊叹，为之震撼。

在新时代，为了祖国的繁荣与富强，我们每一个青年都有着义不容辞的历史使命。因为那种为了民族命运而敢为天下先的五四精神已经深深印在了我们的血液之中，它传递着中华儿女的智慧、勇敢和美好的希望。百年五四，不负青春，秉承先驱的精神，擎起时代的火炬。

不负青春，擎起时代的火炬，往大了说是实现中华民族的伟大复兴，实现中国梦；往小了说，是为了实现十九大的目标，实现自我的成长，做好社会主义接班人。习近平总书记说过："要为实现中华民族的伟大复兴而不断奋斗，要不忘初心、牢记使命，新时代，再出发。"争做时代新人，是我们每一个人的目标和担当。这一点，我们有着坚定的信念和必胜的信心。

不负青春，擎起时代的火炬，我们要有所担当，要有一往无前的拼劲。有青年曾写信询问杨绛先生关于学习的烦恼，杨绛先生读完来信，回复道："你就是想得太多，做得太少"。青年人总有着"心中千般事，手上一斤力"的通病。命由天定，运在我手，自己都还没有对一个目标拼劲自己的全力，哪有资格说什么："得之我幸，失之我命"这样的丧气话。人们常说："凡事就怕认真"，我想这就是正确的答案。

不负青春，擎起时代的火炬，我们要搭起理想的基石。李大钊说过："青春者，人生之华也。"青春是美好的，自己的青春要对得起自己的理想。青年时期，学习和读书是枯燥的，但如果选择了不作为，那么未来的工作和生活则会有多少冷眼、孤独、拒绝、甚至惨败。所以，在青年时期，要提高自己的本领，不断增强自己的判断力、专注力、控制力与承受力。这些都是理想的基石。

青春很短也很长，它是一场接力赛，它不需要百米冲刺的一鼓作气，但需要拼尽全力。如今，由五四运动点燃的革命火炬，已经传到当代青年的手中，五四先驱振兴民族的崇高理想，将通过我们当代青年继往开来！

汉水遣心

● 今日木

微风吹起蜻蜓雨，
碧江环坝堤满天，
汉水陌上烟似柳，
清映红燃柳如烟，
渔舟歌里江上路，
垂影虹桥新旧间，
劝君不用千言语，
万里江山在眼前。

幸运靠努力 幸福需奋斗

●王芳

对于幸福而言，每个人有每个人的理解，每个阶段有每个阶段的心态。有人说健康才是最大的幸福，孩子出息了也是幸福；有人说，全家安康[illegible]说，幸福就是百万幸运大奖砸中脑袋！红颜知己左右相伴。你看，不论什么样的幸福，他都是源于一个希望。人一旦有了希望就有了目标，有了目标就有了奋斗的动力，有了动力就会努力战胜困难获得成功的喜悦。那这份喜悦其实就是满足感，而满足感也就是我们的幸福感！

"幸福是奋斗出来的。"这是国家主席习近平在2018年新年贺词中说过的话。面对生活，每个人都是弱者，他就像一面镜子，你怎么对待他，他就怎么对待你。巴金说："人不是点缀太平的，而是工作的，正因为有了荆棘，才需要我们在荆棘中开辟道路！"人活在这个世上，不可能都是一帆风顺的，有时遇到困难，有时遇到挫折，有时遇到变故，有时遇到不顺心的人和事，这些都是人生前进中的正常现象。但是，有的人遇到这些现象时，心烦意乱，痛苦不堪，悲观失望，甚至失去面对生活的勇气。反观有些人却能够在逆境之中冷静面对，总结经验教训，重新制定奋斗的目标，然后走出一条通往成功的路！当然，所有通往成功的路上都充满了荆棘和坎坷，只要拥有坚定的信心和勇气，荆棘便不再是荆棘，反而会成为我们成功的垫脚石！

大到国家，小到个人，谁不是在奋斗中前进？习主席为了国家的未来而奋斗，赛场上的运动员为国争光而奋斗，军人为了保家卫国而奋斗，职场上的人为了家庭而奋斗，我们现在大好的时光，又有什么理由不去奋斗，不去争取更多更大的幸福呢?!

天将降大任于斯人也，必先苦其心志，劳其筋骨，饿其体肤，空乏其身，行拂乱其所为也，所以动心忍性，曾益其所不能！

执着让梦想开花

● 崔琴霞

下班回家关上纱窗，我发现了一只误入我家的小麻雀，它把透明的窗户当成天空，扑棱着翅膀，毫不犹豫地向窗户发起猛烈"冲锋"，"嘭"的一声撞上了紧闭的窗户，随后像是晕了一般地顺着玻璃滑落到窗台上。

目睹了这"悲惨"一幕，我疾步走过去想看看小麻雀是不是受伤了，它又被我吓得扑棱着翅膀飞了起来，开始满屋子乱飞乱撞，急于找到一个出口。我连忙跑去把家中的那扇纱窗打开，给它引路，可惜我和它并不能"心灵相通"，我所做的一切，使小麻雀更加慌乱，它边飞边叫，即使不时撞上墙壁、玻璃还有门，仍然执着地寻找着出口。爱"操心"的我又跑去把家中其他窗户和纱窗也打开，折腾了五分钟左右，小麻雀终于从其中一扇窗户飞了出去，盘旋了一大圈之后落在了小区大院里最高的一棵树杈上"叽叽喳喳"地叫了两声，我便暗自欢喜地将其当作了它在对我表示感谢，心里乐呵呵的。

结束了一天的忙碌，我莫名地又想起了那只麻雀锲而不舍寻找出口的样子。猛然间觉得我们在一些方面与小麻雀似乎很相似，一个人在成长的道路上，并非只有成功和鲜花，挫折和碰壁总会一路伴随。是在逆境中积极面对亦或消沉都取决于个人是否有克服困难的精神支柱和强大力量，是否有一颗执着向上的心。梦想让我们在黑暗与光明徘徊中前行，有时会被现实所束缚，但执著于梦想会使我们跨越其中的障碍，执着是一种专一的人生态度，是持之以恒、坚持不懈、锲而不舍的追求，是一种"咬定青山不放松"的专注，是一种"不达目的不罢休"的坚决。有了这样的人生态度，人生的目标终会成功。就像这只麻雀无论狼狈地撞了多少次，也执着地要寻找可以通往广袤天空的一个出口。每个人都有或大或小、或近或远的梦想，只是生活中有太多的喧哗和风暴，往往会把这些脆弱的梦想碾碎、磨平，但是如果可以保持着一份执着，就能把困难和挫折当成实现人生奋斗目标的"磨刀石"，激起拼搏的勇气和奋进的力量，总有机会拨开迷雾重见阳光，冲出黑暗走向人生的光明之路。

记得苏轼在《晁错论》中写道："古之立大事者，不惟有超世之才，亦必有坚忍不拔之志。"在现实生活中，也常听人说："坚持到底就是胜利。"

唯有执着，才会拥有进入一个新天地的机会。守住心中的一份执着，也许前方转弯处就是梦想开花的地方。

送对象：丹江铝业公司所属各单位、机关各部门 印刷单位：丹江口市盛利工贸有限公司 编印：中共汉江丹江口铝业有限责任公司委员会 印数：1200份

丹江铝业报

HANJIANG GROUP

湖北省内部资料准印证(鄂)0719023号　总第920期　2019年5月16日□　内部资料　免费

问题照单全收　认真落实整改

集团公司党委第一巡察组来公司召开巡察情况反馈会

5月10日上午，汉江集团公司党委第一巡察组巡察集团公司党委情况反馈会在公司报告厅举行。集团公司经总理、集团公司巡察组组长、集团公司党组主任、第一巡察组组长王传先及集团公司巡察组有关出席会议，公司领导班子成员，中层管理人员、相关工作人员代表，基层党支部书记、党代表、退休职工、离退职工代表及119人参加了会议，公司经理、党委副书记周立新主持会议。

会上，王传先通报了本次巡察公司党委第一巡察组巡察组公司党委巡察情况的反馈意见。各地认识了铝业公司管理的党的总体情况。指出了公司在学习贯彻党的十九大精神、党务治治能力建设、加强党的建设等方面存在的问题、以及四化建设公司按到的意见，切实把公司巡察组巡察组发现的问题进行改。

...

崔琴霞

本版编辑：朱延堂　Email：3595378...

好风凭借力　扬帆再起航

——丹发铝材公司铸轧扩建项目提前达产侧记

从2018年2月28日项目投产，再实至2019年1月23日顺利投产...

...

作者诗作《汉水遣心》发表在《丹江铝业报》上